무얼 하고 있니?

푸른사상 동시선 27

무얼 하고 있니?

초판 인쇄 · 2015년 11월 25일
초판 발행 · 2015년 12월 3일

지은이 · 신현옥
펴낸이 · 한봉숙
펴낸곳 · 푸른사상

주간 · 맹문재 | 편집 · 지순이 | 교정 · 김수란
등록 · 1999년 7월 8일 제2−2876호
주소 · 서울시 중구 충무로 29(초동) 아시아미디어타워 502호
대표전화 · 02) 2268−8706(7) | 팩시밀리 · 02) 2268−8708
이메일 · prun21c@hanmail.net / prunsasang@naver.com
홈페이지 · http://www.prun21c.com

ⓒ 신현옥, 2015

ISBN 979−11−308−0588−7   04810
ISBN 978−89−5640−859−0   04810 (세트)

값 10,500원

푸른사상
동시선

27

무얼 하고 있니?

신현옥 동시집

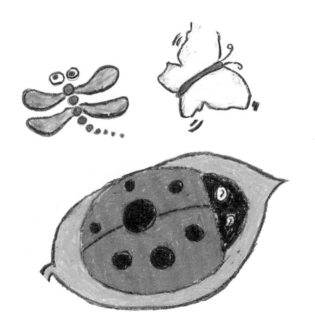

푸른사상
PRUNSASANG

안녕. 어린이 여러분! 이렇게 동시집을 통해 인사를 나누게 되어 반가워요.

잠깐 여러분 주위를 살펴보실래요?

여러분 주위에는 나무도 있고 풀도 있고 꽃도 있지요?

나는 그 나무와 풀과 꽃이 어쩌면 사람이라는 생각을 할 때가 있어요.

이렇게 말하면 여러분은 '그게 무슨 말이지?' 하고 고개를 갸웃거릴지도 몰라요.

여러분은 또 새과 물고기와 잠자리와 개미 같은 생물들도 보았을 거예요.

나는 그 크고 작은 생물들도 우리와 같은 사람이 아닐까 하는 생각을 할 때가 있어요.

그러면 여러분은 나에게 물어볼지 몰라요.

왜 그런 생각을 하느냐고요.

내가 여러분에게 그와 같은 물음에 설명을 드리려면 좀 긴 시간이 필요할지 모릅니다.

그래서 나는 그 대답을 이 동시집 속에 담아 두려 했습니다.

여러분이 이 동시집을 넘기면서, 정말 나무나 풀, 잠자리와 개미 같은 생명들이 사람일 수도 있겠구나 하는 생각을 가졌으면 좋겠어요.

그럼 그들이 여러분에게 아름다운 노래를 불러 줄지도 모릅니다.

그들이 들려주는 노래를 여러분이 즐겁게 들었으면 참 좋겠어요.

그것이 내가 이 동시집을 쓰면서 항상 잊지 않고 있었던 바람이었답니다.

여러분은 틀림없이 그럴 수 있다고 나는 믿고 있습니다.

여러분은 모두 이 세상에 대해 더 깊이 생각하고 느낄 수 있는 눈도 밝고 귀도 밝은 어린이들이니까요.

참, 이 동시집에 예쁘고 멋진 그림을 그려 준 주원초등학교 어린이 여러분과 힘든 수고를 아끼지 않으셨던 유태정 선생님께 고마움을 전합니다.

2015년 11월
신현옥

| 차례 |

제2부 정식이 삼촌

제3부 선풍기가 있니?

제4부 꽃들의 시계

개미야, 여름에 검은 옷만 입고 있니?

제1부

귀 기울인다

귀 기울인다

가재가 가만히 귀 기울인다

산골짜기 실개울 흐르는 물이
'내 목소리 들어 봐' 말해 줬을까
맑은 물이 가만히 말해 줬을까

졸졸졸……
쫄쫄쫄……
쏼쏼쏼……
또로롤롱……

가재가 살랑살랑 기어가다가
집게발을 오므리고 귀 기울인다

개울물 물소리에 귀 기울인다

최효원(인천 주원초 4학년)

저어새와 조아족

저어새와 조아족은
입모습이 닮았어요

주걱부리 저어새
둥근 입술 조아족

갯벌에서 먹이 찾는
멸종 위기 저어새
아마존 밀림에서
살아가는 조아족

갯벌도 사라지고
밀림도 없어지면

희귀 조류 저어새와
소수 부족 조아족은
멀지 않아 사라질
운명조차 닮았어요

목련

목련꽃 떠올리면
우리 엄마 모습
엄마가 두 손 모아
기도합니다
우리 위해 엄마가
기도합니다
목련꽃 봉오리는
우리 엄마 모습
두 손 곱게 마주 모은
우리 엄마 모습
엄마의 두 손이
목련 같아요
엄마 기도 속에
제가 있어요

천둥 번개

우르릉 쾅
우르릉 쾅

캄캄한 밤중에
캄캄한 밤중에

하늘 고래들이 박치기하네
하늘 거인들이 레슬링하네

별들도 무서워
눈을 꼭 감는다

류서연(인천 주원초 4학년)

별들과 민들레

낮이면 별들이 땅에 내려와
눈부신 민들레가 되는 걸까

밤이면 민들레가 하늘에 올라가
눈부신 별들이 되는 걸까

오의정(인천 주원초 4학년)

마늘

연자줏빛
옷에 뽀얗고
매끄러운 몸
맵고 톡 쏘는
성질이지만
쪽 형제끼리는 꼭 붙어
살지요

한 톨이
땅에 묻혀
여섯 톨 되고
한 쪽이 여섯 쪽씩
커 나갑니다

길고양이 산부인과는 어디 있을까?

까만 길고양이가
살금살금 돌아다닌다

사람이 지나가면 자동차 밑으로
움츠리고 숨는다

한참 후에 다시 보니
고양이 배가 볼록해졌다

첫눈이 내렸는데, 날이 추운데
얼마 있으면 길고양이가
까만 새끼를 낳겠지……

길고양이 산부인과는
어디 있을까?

무얼 하고 있니?

나비는 나폴나폴
날아가는데
잠자리도 사르르
날아가는데
무당벌레는,
등에 점이 찍힌
무당벌레는
풀잎 위에서 가만히 엎드려
무얼 하고 있니?

장사랑(인천 주원초 5학년)

팥죽이 하는 말

검붉은 팥은
어두운 밤

하얀 새알심은
밝아 오는 해

나를 먹게 되면
어두운 긴 밤은 점점
짧아지고
환한 낮이 차차
길어집니다

남윤서(인천 주원초 3학년)

터졌다

겨우내 없던 뻥튀기 아저씨가
골목에 나왔다

뻥튀기 기계가 빙글빙글 돈다
펑 하고 터졌다

그 바람에 피었을까?
노란 개나리꽃
개나리꽃이 피었다
활짝 피었다

목련도 활짝 함께 피었다

말하지 않아요

꽃들은 말하지 않아요
말없이 눈부시게 피어나지요
꽃들이 말없어 더 좋아요
우리가 말하지요
꽃에게 말하지요
말을 걸지요

신발 두 켤레

"어디 갔다 왔니?"

할머니 신발이
내 신발에게
물었어요

할머니와 내가
함께 잠든 밤
내 신발이
말했어요

"눈썰매장에
갔었어요"

"나도 너처럼 거기
한번 가고 싶다"

허리 굽은 할머니

우리 할머니
휠체어 타시는
우리 할머니
밖에 나들이
하신 지도 오래

할머니와 내가
함께 잠든 밤
신발 두 켤레가
신발장 속에서
속삭이고 있어요

까치네 스마트폰

비둘기들이
서로서로
구구구 말했다

우리도 스마트폰이
있었으면 좋겠어

어떤 새가 스마트폰을
가지고 있을까?

아마도 까치겠지!
까치는 전봇대에
집을 짓잖아
사람 사는
동네에 살고
옛날부터 소식을
전해 주는 까치가
제일 먼저 스마트폰을
가졌을 거야

김주성(인천 주원초 3학년)

멸치는 멸치끼리 파도도 안 무섭고

제2부

정식이 삼촌

정식이 삼촌

자전거를 잘 타는
정식이 삼촌은 스무 살도 넘었지만
어릴 때 머리 다쳐
어린아이가 됐습니다

오늘도 신나게 페달을 밟으며
자전거를 탑니다

바람도 씽씽
함께 달려 줍니다

우리들 친구가 된 정식이 삼촌은
자전거를 탈 때는
꿈꾸는 아이예요

임한나(인천 주원초 5학년)

청개구리 백 마리가

긁지 마! 긁지 마! 엄마가 말려요
긁어라! 긁어라! 속살이 속삭여요

아프고 피 나는 아토피에 걸린 동생
아파도 피 나도 긁고 있는 내 동생

내 동생 피부 속엔 뭐가 있을까?
말 안 듣는 청개구리 들어 있을까?

백 마리, 천 마리 들어 있을까?
엄마 말 듣지 않는 청개구리가

동지 팥죽

동짓날 팥죽 쑤면
새들이 불안해요

'내가 낳은 뽀얀 새알
품속에 감춰야지'

동짓날은 밤이 긴데
새들은 잠 못 자요

사람들이 팥죽 먹고
나이 한 살 더 먹을 때

팥죽 속 새알심이
새들에겐 무섭대요

돼지의 물음

나, 돼지!
죽은 다음 사람에게
절을 받는다

내 입에 시퍼런
만 원짜리 돈 물리고
사람들은 내 앞에
절하고 빈다

나를 두고
욕심 많다
미련하다 놀리면서

사람들은 왜
나에게 왜 빌까

양가인(인천 주원초 3학년)

세 발 나무 받침대

"너는 왜 내 곁에 있니?
너는 왜 묶여 있니?
너는 살아 있는 나무니,
죽어 있는 나무니?"

새로 심은 어린 나무
세 발 나무 받침대에게
물었습니다

세 발 나무 받침대는
말이 없습니다

스스로 뿌리를
못 내립니다

새로 심은 어린 나무
뿌리 내리도록
바람에 흔들려 안 쓰러지고

땅속에 든든히 자리 잡도록

말없이 제 몸 묶어

부축합니다

내 옷은 없다

빨간 꽃무늬
초록 원피스
난 이 옷이 너무 예쁜데
누가 사 가면
벗어야 한다

내일 입을 옷도 내 옷이
아니다

매일같이 새 옷을
갈아입는다고
변덕쟁이라고 나를
놀리지만

진열장에 서 있는
나는 마네킹!

나에게는 내 옷이
한 벌도 없다

배솔비(인천 주원초 2학년)

눈물

눈에게 물었다

얼마나 많은 눈물을
흘려야 하니?

눈이 말했다

울고 싶지 않을 때까지

백종민(인천 주원초 4학년)

배고프지 않을까

제비 새끼가
노란 입을 쫘악 벌려
엄마가 물어 온 먹이를
받아먹는다

엄마 제비도
배불리 먹었을까?

별들과 가로등

별들과 가로등은
어두운 밤 친구

별들은 하늘 소식
가로등은 땅 소식
밤마다 서로 서로 전해 주지

별이 안 보이는
눈 오는 밤엔
가로등 혼자 외롭겠다!

대가족

멸치는 대가족

물고기 가운데
식구가 제일 많다

몸은 작아도
넓은 바다 헤엄치고
잔잔한 남쪽 바다
옅은 바다 좋아
멸치는 멸치끼리
파도도 안 무섭고

멸치는 멸치끼리
떼 지어 산다

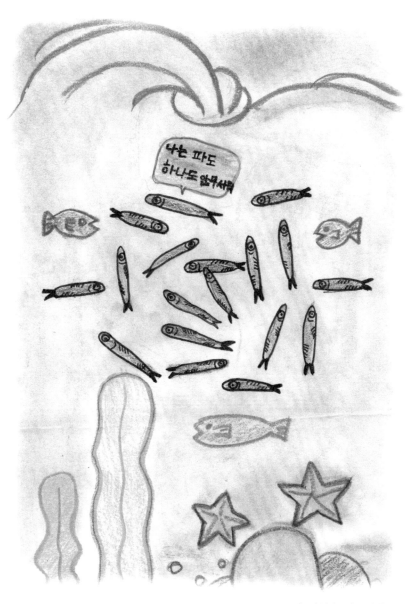

김도현(인천 주원초 2학년)

인사드려요

뾰족뾰족 파릇파릇
보들보들 볼깃볼깃
보드레 보드레
봉긋봉긋 나슬나슬

너희들 누구니?
새싹이구나
수줍고 부끄러워
대답도 안 하니?

"해님 바람님
인사드려요"

새싹들이 나직이
속삭이네요

내일이면
잎도 피고 꽃도 필 거야

이승미(인천 주원초 5학년)

쉬지 않고

참새 두 마리
추운 겨울날
몸을 웅크리고
전깃줄에
앉아 있다

한 마리가
어디론가
날아가면
한 마리가
따라서 날아간다

풀씨 찾아
말라 버린
풀숲으로
날아갈까?

참새는 추위도

눈이 내려도
쉬지 않고 포르릉
날아다닌다

흰 구름과 벚꽃

구름이 놀라서
땅을 바라보네
내 동무가 왜 땅에
내려갔을까

벚꽃이 놀라서
하늘을 쳐다보네
내 동무가 왜 하늘에서
피었을까

박슬찬(인천 주원초 2학년)

들에 핀 들꽃은 혼자 크고 혼자 피고

제3부

선풍기가 있니?

금붕어는 좋대?

금붕어는 좋대?
제 모습이 좋대?
온몸이 빛나는 금빛이라 좋대?

좁디좁은 어항 속에
갇혀서도 좋대?

금붕어라 불려서
갇혀서도 좋대?

박준태(인천 주원초 4학년)

아빠가 들려주는 평화 이야기

둥근 밥상에
온 식구가
둘러앉아
밥을 먹는 것

달걀을 낳아 주는
닭들에게도
우유를 나눠 주는
젖소에게도
따뜻한 밥이 되는
벼가 크는 들판에도
고마운 마음을
간직하면서

둥근 지구 위에
세계 사람 모두
골고루 골고루
밥을 먹는 것

누가 그렸을까

생선구이 전문점 간판에
삼치와 조개가 그려져 있다

통닭집 간판에
닭이 한 마리 그려져 있다

삼치와 조개가 그린 것이 아니다
닭이 제 모습을 그린 것이 아니다

누가 그렸을까?

선풍기가 있니?

개미야, 왜
너희들은, 왜
뜨거운 여름에
검은 옷만 입고 있니?
너희 사는 굴속엔
선풍기가 있니?

오의진(인천 주원초 1학년)

두 가지 꽃들

화분 속 꽃은
물도 주고
거름 주고
흙도 갈아
줍니다

꽃집의 꽃은
사람들이 가꿔 줘야
자라나 봐요

들에 핀
들꽃은
혼자 크고
혼자 피고
혼자 자랍니다

그 들꽃을

하늘이
가만히
내려다봐요

친구인 모양이다

벌레가 곰실곰실
작은 벌레가
나무 위로
나무 위로 기어오릅니다

아무 일도 없다는 듯
나무는 가만히 그대로 있습니다

작은 새가 포르릉
가지 위에 앉습니다

아무 일도 없다는 듯
나무는 가만히 그대로 있습니다

벌레도 작은 새도
말없는 나무에게 친구입니다

최현하(인천 주원초 3학년)

개들의 종류

마당에 묶여 사는 개가 있어요
나무 그늘 밑에서 묶여 살지요
털빛을 염색하고
머리에 리본 꽂은 개가 있어요
옷을 입혀 공원을 산책하지요
쓰레기통을 뒤지는 개가 있어요
키우다가 버려진 개일 거예요
철사 상자 속에 갇혀 사는 개가 있어요
오토바이에 실려 가는 개가 있어요
쇠창살 사육장에 갇힌 개가 있어요
살만 쪄서 팔려 가는 개들이에요
유기견 센터에 뒷발로 서서
유리창을 박박 긁는 개가 있어요
새 주인을 기다리는 개들이지요
아래층 103호집 텅 빈 집에서
하루 종일 짖어 대는 개가 있어요
주인이 올 때까지 혼자 짖지요

또 다른 개들은 어떤 것일까요?
개들의 종류는 여러 가지예요

오토바이 달린다

빨간 피자 배달통
오토바이 달린다

요리조리 차들 사이
빠져나가며

'차선도 안 지켜요
신호등도 안 지켜요'

사고 나면 어쩌려고
무섭게 달리나!

빨리빨리 갖다 줘요
독촉 전화 때문일까?

오토바이 몰고 가는
배달하는 형

노랗게 염색한
너풀 머리 위에

달랑 얹혀 있는
헬멧 하나

성예찬(인천 주원초 3학년)

눈 오는 성탄절

대형 마트 옆
길가 모퉁이
크리스마스 캐럴 송은 울려 퍼지고
플라스틱 바구니에
사과와 귤을 담아
팔고 있는 아저씨
팔리지 않는 과일 옆에 우두커니 서서
허연 입김이 새어나오는
아저씨 코끝이 루돌프 사슴 코
얼굴이 추워서 빨갛다

사람들이 마트로
바쁘게 오고 간다

과일 위에도
아저씨 모자에도
하얀 눈이 자꾸만
내려앉는다

황수인(인천 주원초 1학년)

다투지 않아요

이른 봄 쑥이 먼저
돋았는 줄 알았더니
쑥 곁에 냉이도
어느새 나왔어요
들판에 쑥과 냉이
다투지 않아요
내가 일등 네가 이등
다투지 않아요
민들레도 제비꽃도
다투지 않아요
누가 먼저 꽃피웠나
다투지 않아요

우렁쉥이

나만 왜 여드름 박사라고 놀리니?
나만 왜 여드름투성이라고 놀리니?

다른 친구 이름을
핑계 대기 싫지만
게딱지도 온통 여드름투성인데

나만 여드름투성이라고 놀리지 마!

보내 줘

베란다 화분에서
자라는 꽃나무

물을 줄 때마다
나에게 부탁한다

보내 줘, 보내 줘

좁은 화분 속이 너무 답답해
좁은 베란다가 너무 갑갑해

보내 줘, 보내 줘
드넓은 땅으로

봉수민(인천 주원초 2학년)

틀니가 없어도 할머니는 예쁘다 젖니 두 개 새로 난 내 동생처럼

제4부
꽃들의 세계

꽃들의 시계

민들레에게는 시계가 있다
개나리에게도 시계가 있다
진달래, 철쭉, 목련, 라일락도
시계가 있다

언제 잎이 필지
언제 꽃이 필지
조금도 안 틀리는 시계가 있다

지금은 꽃피는,
꽃이 피는 시간
누가 꽃시계에 태엽을 감아 주었나

손지우(인천 주원초 1학년)

바나나는 칠레를 모른답니다

늦은 밤 불 꺼진
대형 마트 과일 코너
바나나가 나직이 망고에게 물었어요

"내 고향은 필리핀이야
 네 고향은 어디니?"

"내 고향은 미얀마야
 키위 쟤는 뉴질랜드
 오렌지는 미국 땅 캘리포니아래"

"포도야, 너는 또
 어디서 왔니?"

"난 아주 먼 칠레라는 곳이야"

"우리 모두 먼 곳에서
 비행기 타고 배 타고

이곳까지 왔네"

바나나는 칠레를 모른답니다
망고도 캘리포니아를 모른답니다
대형 매장 과일들은
서로서로 고향을 모른답니다

감나무 이파리만 짙고 푸르다

무덥고 무더운 날
감나무 아래
우리 집 강아지
배 깔고 엎드렸다

밥을 줘도 밥그릇에
다가가지 않는다

강아지도 더위를
먹었나 보다

감나무의
풋감 하나가 툭
떨어지니
강아지가 옴찔하고
귀를 세우다가
다시 또 고개 돌려
그대로 엎드린다

강아지야, 언제
밥을 먹을래?

동생이 물그릇에
물을 떠다가
개 밥그릇 옆에
갖다 놓는다

강아지도 사람도
더위 먹은 날

감나무 이파리만
짙고 푸르다

송혜진(인천 주원초 4학년)

눈들의 이야기

나는 눈이야, 소나기눈이야
소나기가 내리듯 내리는 눈이야

나는 눈이야, 도둑눈이야
밤사이 몰래 아무도 몰래
놀라게 하는 눈, 도둑눈이야

나는 눈이야, 함박눈이야
굵고 탐스럽게 내리는 눈이야

나는 눈이야, 싸락눈이야
찬바람 만나 얼어서 떨어지는
쌀알 같은 눈이야, 싸락눈이야

나는 눈이야, 숫눈이야
누구의 발자국도 밟지 않은,
나는 깨끗한 숫눈이야

나는 진눈깨비
나는 눈일까?
엄마한테 혼나고 찔끔찔끔 울듯이
하늘에서 내리는 눈물 같은 진눈깨비

모두 예쁘다

할머니가 틀니를 입에서 빼셨다
할머니 잇몸에 남아 있는 이 두 개
할머니가 나를 보고 방긋이 웃었다

틀니가 없어도 할머니는 예쁘다
젖니 두 개 새로 난 내 동생처럼

김효경(인천 주원초 4학년)

털모자

겨울 오길
손꼽아 기다립니다

추운 날 눈이 펑펑
내리는 날
하얀 눈 소복이
내리는 날

혼자서 꿈꾸며
기다립니다

봄 여름 가을 내내
서랍 속에서
기다립니다

김태호(인천 주원초 2학년)

아름의 일기

초승달, 반달, 둥근달, 보름달
변덕쟁이 내 마음 저 달과 같을까
어제는 반쪽 달이 오늘은 둥근달

친구와 싸우고 집에 돌아와
창가에 턱 기대고 바깥을 보니
환하게 떠오르는 밝은 보름달

내 마음도 언제나 보름달 같았으면……
내 마음도 언제나 둥근달 같았으면……

대보름날 오곡 찰밥

검정 콩
노란 조
붉은 팥 그리고 수수
흰 빛깔 차진 찹쌀
모두 다 고루 넣은
대보름날
오곡 찰밥

팥도 콩도 주인공
차조도 주인공
찹쌀 수수 주인공
둥근달 높이 뜬
대보름날 우리 음식
대보름날 찰밥에는
모두모두 주인공
왕따 없는 주인공

김

김이
밥을 만나면 김밥
소풍날
엄마 정성을 만나면
엄마 김밥
그런데 내 친구 '김아름'은
외국에 어학 연수를 갔는데
외국 친구들이
성을 묻기에
'김'이라고 대답하고
문득 엄마가 싸 주시던
맛있는 김밥 생각 떠올라서
눈물을 찔끔 흘렸대요

쥐뿔

우리 반 선생님 별명은 쥐뿔
우리보고 혼낼 때 언제나 쥐뿔
쥐뿔도 모르는 한심한 놈들!
쥐뿔도 모르는 한심한 놈들!
그래서 우리도 별명을 지었다
우리 반 선생님 별명은 쥐뿔
그런데 선생님은 쥐뿔을 알까?
쥐가 뿔난 걸 선생님은 보았나?
쥐에게는 뿔이 나지 않는데
선생님은 쥐뿔을 알고 있을까?
선생님은 정말 쥐뿔도 모른다

노루오줌 꽃

여름 숲 속 그늘진
산기슭
촉촉한 개울가에
피어났어요

노루 엉덩이 가려 주려고
노루가 오줌 눌 때
부끄럽지 말라고

노루가 오줌 누고
누가 봤나 부끄러워
껑충껑충 언덕 위로
달아날 때

살래살래 손 흔들어
배웅한대요

살래살래 손 흔들어
배웅한대요

엄주은(인천 주원초 5학년)

땅콩 할아버지

재래시장 한 모퉁이
땅콩 파는 가게

할아버지 혼자서
오래도록 그 자리

파는 것은 오로지
땅콩 한 가지

사람들이 부를 때도
땅콩 할아버지

"할아버지, 할아버지
땅콩 할아버지"

성예은(인천 주원초 4학년)

동시 속 그림

최효원(인천 주원초 4학년)

류서연(인천 주원초 4학년)

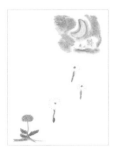

오의정(인천 주원초 4학년)

상사랑(인천 주원초 5학년)

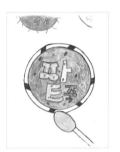

남윤서(인천 주원초 3학년)

김주성(인천 주원초 3학년)

임한나(인천 주원초 5학년)

양가인(인천 주원초 3학년)

배솔비(인천 주원초 2학년)

백종민(인천 주원초 4학년)

김도현(인천 주원초 2학년)

이승미(인천 주원초 5학년)

박슬찬(인천 주원초 2학년)

박준태(인천 주원초 4학년)

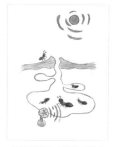

오의진(인천 주원초 1년)

최현하(인천 주원초 3학년)

성예찬(인천 주원초 3학년)

황수인(인천 주원초 1학년)

봉수민(인천 주원초 2학년)

손지우(인천 주원초 1학년)

송혜진(인천 주원초 4학년)

김효경(인천 주원초 4학년)

김태호(인천 주원초 2학년)

엄주은(인천 주원초 5학년)

성예은(인천 주원초 4학년)

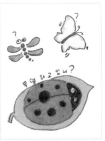

차수현(인천 주원초 4학년)

무얼 하고 있니?

무얼 하고 있니?